我的吸血鬼同學

08
逆齡黑魔法

創作繪畫・余遠鍠　　　故事文字・陳四月

目錄

迦南

擁有金黃魔力的人類少女。好奇心重，領悟力強，平易近人的她曾被黑暗勢力封印起她的魔力，是九頭蛇想捕拿的人。

安德魯

吸血鬼高材生。外形冷酷，沈默寡言，喜歡閱讀的他想找出失蹤多年的父親，對迦南格外關心。

卡爾

胃口極大的人狼。是學園小食部常客，身材健碩，熱愛跑步。經常遲到的他和安德魯自小已認識。

米露

身手靈活的貓女。像貓兒一樣喜歡捕捉會動的物件，有收集剪報的習慣，熱愛攝影的她夢想成為魔法世界的記者。

美杜莎

蛇髮妖族的後裔。由於這一族的妖魔出了很多危害國家的罪犯，所以美杜莎在學園也被杯葛孤立。曾嫉妒受歡迎的迦南，但現時二人已成為朋友。

法蘭

魔幻學園的訓導主任。同時是學園舊生的他因為一次事故變成半人半機械的模樣。表面對學生嚴厲，其實十分疼愛學生。

四葉

來自東方學園的九尾妖狐少女。活潑好動而且十分熱情的她和卡爾有婚約在身。和迦南一樣，四葉也擁有金黃魔力。

阿諾特

吸血鬼一族的王子，是被寄予厚望的天才。追求力量和榮耀的他自視高人一等，對同樣被視為天才的安德魯抱有敵意。

安古蘭

安德魯的父親。十年前加入黑魔法派襲擊魔幻學園後一直音訊全無，背負叛徒罪名的他其實內有苦衷。

大賢者

藏身智慧之城中的神秘大賢者，決心阻止海德拉將帶來的世界末日，擁有預知能力，同時知曉魔幻世界古今大事。

史萊姆王

智慧之城的國王，也是不擅長戰鬥的史萊姆族的最高領導人。致力保育歷史知識和文化，相信知識就是改變世界的最強力量。

　　魔藥研究院內，迦南和四葉的嘗試得到初步成果——融合西方魔法和東方法術的新型治癒魔法，成功保住了魔界樹葉子散發的金光。雖然現階段這魔法只能治癒樹葉，但院長艾蜜莉已看到曙光。

「感謝兩位的幫忙，你們**打破常規**的想法很可能就是拯救魔幻世界的關鍵。」艾蜜莉以往不曾想過兩者可以結合。

「不用客氣，回到學園後我們也會繼續研究，讓這新型魔法的效果更佳。」迦南感到十分興奮，只要治好魔界樹，金黃魔力的持有者就不用再害怕被襲擊。

「快回去吧！不知道卡爾有沒有吃飽呢？」四葉記掛著她的人狼未婚夫。

「嗯！安德魯他們應該順利完成任務了吧。」自迦南來到魔幻世界以來，也未曾和安德魯分開這麼久。

「回到學園後，我會向校長申請一次遊學團，去一個堪稱是**知識寶庫**的地方，那裡是魔幻世界裡藏書量最多的地方，相信你們會找到改進這新型魔法的方法。」法蘭說。

「那裡是什麼地方？」迦南和四葉好奇地問。

「智慧之城。」法蘭帶著兩人回到學園，而在魔幻世界的另一邊，一場足以影響魔幻世界的對話正在進行。

皇城的國王寢室之內，黑魔法派領袖正站在國王面前，房間內只有海德拉和阿瑟。

　　「竟敢闖入我的皇宮，海德拉你就不怕我召集全部護衛，把你就地正法嗎？」獅子王阿瑟問。

　　「我既然敢來，就自然有全身而退的自信，若然我有心置你於死地，你的護衛來到前你已身首異處了。」海德拉釋放的殺氣教阿瑟不敢魯莽行事。

　　「你到底想怎樣？」若不是行刺，阿瑟不明白海德拉為何事而來。

　　「我為你帶來了一個選擇，一個不用犧牲金黃魔力持有者，也能救活所有妖魔的選擇。」末日將至，海德拉另有打算。

　　「什麼選擇？」阿瑟冒著冷汗問。

　　「把妖魔全部遷移到人界，佔領人界的土地。」海德拉笑著說。

魔界樹正在枯萎，而抽取金黃魔力持有者的魔力以施展**失傳已久**的秘法，是海德拉一直聲稱能拯救所有妖魔的方法，但這方法要犧牲眾多金黃魔力持有者的性命，所以國王和大部分國民反對施行。

　　現在，海德拉提出另一個不用犧牲他們，卻劍指人界的方案。

　　「人類是不會妥協的，這樣毫無疑問是向人界發動戰爭。」阿瑟顫抖起來。

　　「弱肉強食，就算發動戰爭毫無疑問也會是妖魔得到勝利，到時候我們就不用再擔心魔界樹會枯萎，我們能在安穩的人界永遠生活下去。」海德拉想藉此把人界變成妖魔統治的世界。

「戰爭只會讓更多無辜的生命受傷害，無論是人類還是妖魔……」阿瑟從沒想過侵犯人界，在他成為魔幻王國的國王以來，一直和人類保持友好。

　　「無論是哪一個選擇，犧牲也是在所難免的。你身為一國之君，好好考慮一下我的建議吧，若然你不果斷行事，小心我把你的王位也搶奪過來。」海德拉說罷便化作煙霧消失。

黑魔法派的勢力已愈來愈強大，海德拉打著拯救世界、阻止末日降臨的旗號**招兵買馬**，假以時日不只魔幻世界，人界也可能成為他的囊中之物。

　　荒郊野外的一個墓地中，豎立著一幢人跡罕至的舊教堂，這殘破不堪的地方其實是黑魔法派其中一個秘密據點。

　　「你們知道在這世界上，我最討厭的是什麼嗎？」九頭蛇海德拉問。

　　不死族依娃、蠍子女妖妮歌，還有幾名黑魔法派的重要成員站在海德拉身後沉默不語。

　　「依娃，你是跟隨我最久的人，你來回答我吧。」海德拉回頭問道。

　　「是叛徒，海德拉大人你最討厭**背信棄義**的人。」依娃看出海德拉壓抑著憤怒。

「對，夠膽量和我**正面對抗**的人，全都會得到我的尊重……但背叛、欺騙這種不忠不義的行為，我是絕對不能原諒的。」海德拉轉身面對眾人。

「抱歉……我被他逃脫了。」依娃在黑翼古堡時和安古蘭對戰，但卻被他逃去無蹤，於是自責下跪。

「錯不在你，起身吧。但放任他不管有損我黑魔法派的威嚴。」海德拉扶起了依娃。

「海德拉大人，我有辦法引安古蘭現身。」蠍子女妖妮歌說。

「那麼處理叛徒一事就交給你去辦吧，戰爭快要開始，我還有很多事情要準備。」海德拉說。

「小人領命。」蠍子女妖說。

「最後，向大家介紹代替安古蘭的位置，我們的新幹部成員——**阿諾特**。」海德拉指

向教堂門口。

　　金髮變得更長，全身散發**黑暗氣息**的阿諾特踏入教堂，為了攀上更高的位置他已深陷黑暗之中。

魔幻學園之內，迦南以魔法變化出人魚的
尾巴，潛游到藍湖的底部。

小艾，你的大哥很壞啊！

抱著猴子公仔的人魚公主愛
莉自言自語著說。

「竟然一封魔法信也不寫給
我，一定是**另結新歡**了吧！」
愛莉擠壓著猴子公仔的臉頰說。

在人界和獵人艾爾文分別後，愛莉便經常
拿這個由艾爾文送給她的毛公仔來出氣。

愛莉，在掛念艾爾文嗎？

迦南游到藍湖底部的獨立宿舍問。

「我才沒有掛念他，只是這毛公仔和艾爾文的樣子太相似，才偶然想起他罷了……對了，安德魯他們不是今天回來嗎？」愛莉鼓起腮子說。

「對呀，你要和我一起迎接他們嗎？四葉一大清早便起床準備了豐富的大餐啊。」迦南笑著說。

你一定很開心吧，你的安德魯終於回來了！

他是我來到魔幻學園後，最照顧我的人呀……

雖然有過不少危險的經歷，但迦南回想起在魔幻世界的每個片段，安德魯也守候在她的身邊。

連接學園的飛行纜車站內，迦南、四葉、愛莉還有約娜也期待著完成任務的老師和友人回歸，怎料當纜車閘打開的瞬間，她們全都**嚇了一跳**。

　　「爸爸！媽媽！你們怎麼受傷了？」看到從人界歸來的老師們都受傷，迦南擔心著問。

　　「我們在回來的途中遭到黑魔法派的襲擊，你們快通知法蘭和牧林老師到保健室和我們會合吧。」史提芬忍受著痛楚說。

　　「傷勢嚴重嗎？安德魯和卡爾呢？」迦南焦急著問。

　　「我們只受了皮外傷，但是他們的問題就嚴重得多了……」玥華步出纜車，身後卻出現了一個小孩和一隻小狗。

　　「安德魯哥哥？怎麼他會變成這模樣的？」自幼和安德魯已經認識的約娜一眼便看出眼前的小孩是安德魯。

「卡爾？這小狗不就是我的未婚夫卡爾嗎？」總是和卡爾你追我逐的四葉也認出了眼前人。

「到底發生什麼事了？」看到畏縮著的小安德魯，迦南滿腦子也是問號，但當務之急是護送各人到保健室療傷。

保健室內，史提芬邊接受治理邊憶述事發經過，他們在回學園的飛行纜車上受到黑魔法派的襲擊，眾人雖然奮力抵抗最終擊退敵人，但安德魯和卡爾被黑魔法獨有的秘術擊中，變回了年約四歲的小童。

「是傳聞中的逆齡魔法……沒想到黑魔法派真的完成了這危險的魔法陣。」魔幻生物科的教師，樹人牧林老師說。

「逆齡魔法？這到底是什麼魔法？」迦南問。

「黑魔法派一直追求得到永恆生命的方法，所以他們研究了能令肉體回復年輕的神奇魔法。但是這魔法以失敗告終，因為不只肉體，被施術的人連記憶和精神年齡也會倒退。」精通魔法藥物的法蘭皺起眉頭說。

「這魔法本已被列為禁術，多年來黑魔法派也沒有使用過，襲擊你們的人有什麼企圖呢？」牧林苦思著說。

「這麼說的話，安德魯和卡爾豈不是變回了小孩子，長大了的記憶也統統失去了嗎？」迦南激動地問。

「安德魯，你認得在場的各位是誰嗎？」玥華法師彎低身子問個子變得小小的安德魯。

小安德魯還記得小時候已認識的人：

史提芬叔叔、法蘭叔叔、玥華姨姨……還有卡爾。

「我呢？安德魯哥哥你還認得我嗎？」約娜問。

「你……長得很像阿諾特的妹妹約娜，但個子卻變高了。」小安德魯抓著頭皮嘗試掌握

現在的狀況。

約娜抱著小安德魯說：

「真可愛！太好了，你還認得我！」

「是我變小了對吧？本來的我應該已長大了，只是因為魔法的關係變成這副模樣。」雖然個子變小了，但有一點安德魯還是無變，就是頭腦靈活。

「不愧是**天才**，你很快便明白現況了呢。」玥華輕拍安德魯的頭顱說。

「即是卡爾也不認得我了吧？過來，我給你零食。」四葉拿出餅乾的瞬間，小狗卡爾已火速跑向她。

就算不認得四葉，卡爾貪吃的天性也不會變，只要手持零食，卡爾還是會跑到四葉身邊。但安德魯和迦南卻不一樣，對小安德魯來說，現在的迦南是個陌生人。

「有辦法解除在他們身上的黑魔法嗎？」迦南看到不安的安德魯擔心地問。

「我們對黑魔法的認知太少了，胡亂解除的話反而更危險。」牧林老師說。

「你們先好好照顧這兩個小孩吧，我們會到禁書閣找尋有沒有記載逆齡魔法的典籍。」解除逆齡魔法的方法便交在法蘭和牧林兩個老師身上。

「那卡爾便交給我吧，安德魯就由迦南照顧。」四葉一手抱起小狗卡爾。

「既然安德魯哥哥認得我，不是應該由我來照顧他嗎？」小安德魯可愛得令約娜不想放手。

「你和安德魯的班級和宿舍也不同呀，我也覺得由迦南來照顧安德魯比較好。」玥華說。

「那麼安德魯，你願意暫時由我來當你的監護人嗎？」迦南伸手微笑著說。

小安德魯看著陌生的迦南心裡卻感覺到熟悉的溫暖，自然地牽起迦南的手靦腆地點頭。

安德魯的童年

　　回宿舍的路上，迦南一
直牽著安德魯的小手，對他
解釋他失去記憶的這段時間發生過的大事，包
括黑魔法派的重新崛起，吸血鬼族的改朝換代，
還有他的父親安古蘭是**臥底**的事。

那我的媽媽現在在哪裡呢？

放心吧，她和被救出的吸血鬼們一同去了智慧之城，那裡是不會被戰爭波及的安全地方。

「爸爸也常帶我去那裡。」小時候的安德魯曾多次踏足智慧之城。

「真的嗎？我未曾聽長大的你提起過呢。」迦南看著這小小的安德魯方才發現，原來自己對於安德魯的童年知道的並不多。

因為安古蘭的叛變和突然失蹤，令安德魯不敢提起，特別是和父親有關的過去，就像是**不能觸碰的傷口**，一直迴避。但對眼前小小的安德魯來說，那些都是未曾經歷的壞事。

「嗯！因為爸爸是個賢者啊，所以他能自由出入智慧之城。」小安德魯自豪著說。

「我好像也聽說過智慧之城不是**任何人**也能進入的地方呢。」迦南回想起課堂教授的魔幻世界地理科。

「智慧之城是由史萊姆一族管治的地方，史萊姆一族雖然不擅長戰鬥，但他們吸收能力強，是充滿智慧的種族。」小安德魯解釋著說。

「不論是皇城還是其他城市，他們遇到難題也會請求史萊姆一族**出謀獻策**，例如城市規劃、水利工程等範疇，他們可是魔幻世界中的智囊團呢！而智慧之城更是魔幻世界中藏書量最多的地方，很多珍貴的古籍也由智慧之城保管，為了好好保存這些知識，要進入智慧之城需要經過**多重審批**。」小安德魯儼如小老師一樣。

　　「果然無論是小時候的你還是長大後的你，也能教曉我很多東西呢。」迦南撫摸小安德魯的臉頰說。

「迦南姐姐……長大後的我和姐姐你的關係是怎樣的？」親切的接觸讓小安德魯臉頰泛紅。

「對我來說，你是**不可取替**的，非常重要的人呀。」迦南對安德魯既有感激之情，也有更深厚的情感。

「那……你會不喜歡變成這模樣的我嗎？」明明沒有記憶，安德魯卻十分在乎迦南的感覺，像是**靈魂深處**有人在提醒他一定要留在眼前人身邊。

「當然不會，小時候的你比我想像中更可愛，更討人歡喜呢。」迦南回想起多年前她被黑魔法派捉走而安德魯來拯救的往事，當時那高大的男生牽起了她的小手，帶她逃離黑暗。

「你可以告訴我更多我們經歷過的事嗎？」小安德魯很好奇，那些他和迦南在過去已經歷的故事，對他來說，卻有如在**未來**發

生。

「可以，但我們已到宿舍了，你吃過晚飯之後乖乖休息，那些往事我再找個機會和你說吧。」迦南還是很擔心安德魯的身體狀況。

安德魯能否復原還是未知之數，逆齡魔法會否還有其他副作用，更**無人知曉**。

宿舍內，四葉和小狗卡爾已一早到埗，同學們都圍觀著連說話能力也接近沒有的小狗卡爾，他們既感到驚訝，又覺得把玩這小狗卡爾很有趣。

「**卡爾，左手。**」四葉以零食誘惑卡爾。

「汪！」卡爾乖乖服從。

「這次換右手。」四葉像是訓練寵物一樣。

「我第一次見卡爾這麼聽四葉話呢。」貓女米露說。

「就算摸他也不反抗，這真的是卡爾嗎？」蛇髮魔女美杜莎說。

「只要現在多加訓練，說不定到他變回正常時會對我唯命是從呢。」四葉狡猾地笑著說。

「我們回來了。」帶著小安德魯的迦南推開大門。

「這就是變小了的安德魯嗎？很可愛啊！」米露和美杜莎立即靠到小安德魯面前說。

「這兩位姐姐是？」小安德魯被熱情的女士包圍著感到害羞。

「她們都是你的同班同學，而且是關係要好的好朋友呀。」迦南說。

「你們好，抱歉我失去了長大後的記憶。」小安德魯低下頭說。

「比起卡爾，小時候的安德魯可愛太多了吧，又有禮貌又乖巧。」米露對比著說。

「我也想要個這樣的弟弟呢。」美杜莎笑著說。

「別顧著談天了，安德魯和卡爾該肚子餓了吧？」迦南替一臉茫然的小安德魯轉移話題。

「卡爾已經在吃了。」米露指著飯桌那邊說。

「乖，吃飽後我訓練你跳火圈。」四葉想趁機會把卡爾訓練得貼貼服服。

「安德魯你不用害羞，在這宿舍裡的全都是你的朋友呀。」迦南領著小安德魯走到飯桌。

「對，我是每次飛行比賽也贏過你的鳥人比比，你要多吃一點才能快高長大呀。」比比嬉笑著說。

「別戲弄安德魯了，安德魯在飛行上是不會輸給任何人的。」迦南邊照顧安德魯邊說。

「我的成績……飛行技巧也很好嗎？」小安德魯問。

「當然好，你可是校內名列前茅的高材生啊。」迦南說。

小安德魯聽著卻沒有**展露歡顏**，迦南所不知道的是，安德魯童年時正因為天資聰敏，而受盡折磨。

晚飯過後，眾人閒聊說笑，不知不覺就到了該沐浴就寢的時間。

你能自己洗乾淨嗎？
要我幫忙嗎？

不知道怎樣照顧小朋友的迦南問。

「**不用了！**我自己能洗好。」小安德魯尷尬地帶著小狗卡爾到浴室。

「耳背也要洗乾淨啊，知道嗎？」迦南照著小時候母親的叮

囑說。那時候感到煩厭的囉唆，現在迦南有了另一番體會。

而小安德魯看到身邊一班親切友好的同學，感到很新奇。

安德魯自小就天資聰敏，成績優異，但這沒有換來美好的童年，他在黑翼古堡的時間受到同輩的排擠，而且身份超然的王子阿諾特敵視著他，其他吸血鬼孩童也紛紛圍到阿諾特身邊，沒有人願意和安德魯交朋結友。

所以五歲的安德魯除了卡爾之外，就沒有能稱作朋友的人，而狼牙山谷和黑翼古堡相距甚遠，留在安德魯身邊的就只有寂寞。

「不知道長大後的我，每天過得是不是很幸福，很快樂呢。」小安德魯看著鏡子中的自己說。

「如果我小時候能遇到這些朋友就好了。」小安德魯說。

「**汪！汪汪！**」小狗卡爾感受到安德魯不愉快的情緒，舔著他的臉頰叫著。

「唉呀，你的口水呀！」安德魯笑著推開卡爾。

來到宿舍房間之內，安德魯感到十分陌生，看著掛起的校服長袍，不敢相信自己不只是魔幻學園的高材生，還擁有一班關係密切的好朋友。他摸著長袍，發現口袋裡有一件硬物。

「這是？」他拿出袋中綁上絲帶的精美盒子，雖然沒有記憶，卻能猜想到成長後的自己，會把這東西交到誰的手上。

◆第四章◆
不想長大的安德魯

　　翌日早上，迦南帶著安德魯去到牧林老師的生物實驗室，四葉和卡爾晨跑後已先一步到達，而法蘭正拿著針筒準備抽取小狗卡爾的血液樣本。

汪！汪汪！

　　看到針筒後，小狗卡爾劇烈掙扎著。

　　「卡爾，乖，看看這邊。」

　　四葉拿出火腿向針筒的反方向高舉搖擺。

　　「四葉你真有辦法呢。」法蘭立即趁機會抽取卡爾的血液。

「牧林老師，法蘭老師，你們正在做什麼？」迦南問。

「我們找遍了禁書閣，但一點也沒有關於逆齡魔法的資料，唯有先替安德魯和卡爾作身體檢查，看看能否找到其他線索吧。」牧林老師把血液樣本放到水晶球下，把血液被放大的影像投放到半空中。

「安德魯，會害怕打針嗎？」迦南溫柔地問。

不……男孩子是不會害怕打針的。

小安德魯硬著頭皮，想在迦南面前表現得勇敢。

「我倒記得你小時候每次打針也**哭哭啼啼**呢。」法蘭取笑著說。

「不用害怕，我會在這裡握著你的手。」迦南看到了安德魯**鮮為人知**的一面。

血液樣本抽取完成後，法蘭和牧林把他倆的血液作出比對和研究，發現逆齡魔法意想不到的可怕之處。

「不好了，若然不快點找到解除的辦法，他們可能無法變回原來的樣子，這十多年的記憶會就此失去。」牧林老師說。

無法復原？

迦南和四葉驚訝地說。

「逆齡魔法直接攻擊他們的細胞，讓他們身體倒退回孩童，安德魯的魔力較卡爾強，所

以倒退回四、五歲的模樣，卡爾則和嬰兒時期差不多，而逆齡魔法殘留的魔力會逐漸和細胞結合，到時候什麼法術也難幫他們回復原貌。」法蘭解釋著說。

那卡爾豈不是會忘記我們的婚約？我們好不容易才親近起來。

四葉捧起小狗卡爾說。

「學園內既沒有會使用黑魔法的人，也沒有關於逆齡魔法的書籍，我想唯今之計，只餘下去智慧之城，向史萊姆王求助了。」牧林老師苦惱著說。

「你們先回去上課吧，我會寄魔法信到智慧之城那邊，明天一早我們便起程吧。」法蘭說。

迦南心裡覺得不能讓安德魯失去那些記憶，以現在孩童的身體**重新長大**，但她面前的小安德魯卻不是這樣想。

課堂之上，雖然安德魯已記不起書本上的知識，但老師和同學們的照顧令他感到溫暖萬分，沒有了**天才兒童**的壓力，不再被寄予厚望，也不再被身邊的人排擠，安德魯覺得現在的校園生活比他曾真正經歷的童年愉快得多。

「就算跟不上進度也不要緊，待你回復原狀，這些課題都難不倒你呀。」老師體貼地說。

就算學不來，小安德魯也不會被責罵。

「啊！迦南，很久不見了，這小孩子是？」龍女學姐妮娜曾在**飛行障礙賽**的決賽和他們比併。

「學姐，他是安德魯呀。」迦南說。

妮娜問：

那個夠膽量單人匹馬和我較量的安德魯怎麼變成這模樣了？

「他被施放了逆齡魔法，我們正努力尋找解咒方法。」迦南說。

「你要加油呀，安德魯。我還很期待再次在比賽中和你一決高下的。」妮娜拍著安德魯的頭顱說。

「安德魯一定很快就能回復原貌的，對嗎？」迦南微笑著向安德魯說。

但小安德魯很快就意識到所有人也期待著他變回原狀，所有體貼也是因為大家深信這狀態只是暫時，沒有人希望他以現在小孩的狀態留在這裡，重新長大。

「難道我就不能在這裡幸福地成長嗎？那些不愉快的過去明明可以就此抹去。」安德魯只能把這想法埋藏在心底。

大家都不需要這小小的安德魯。

明天他就會按照安排前往智慧之城，在那裡，很大機會能解除他身上的逆齡魔法；但他心裡卻百般不情願，因為魔法解除的話，就有如現在的他就此消失。

「卡爾，我們逃走吧。」於是小安德魯決定趁迦南和四葉在食堂購買食物之際，帶著小狗卡爾展開逃亡計劃。

「**安德魯呢？**」買好食物的迦南回到飯桌前，卻發現兩個被施下逆齡魔法的小孩不見了。

「卡爾也不在，是去了洗手間嗎？」四葉四處張望。

「*我們去找找看吧。*」迦南緊張地說。

但在男洗手間外守候一段時間後，小安德魯和卡爾也未有出現，迦南和四葉只好四處尋找，詢問路途上的其他學生。

「那兩個小傢伙到底跑到哪裡了？」四葉**心急如焚**。

「為什麼不跟我們說一聲便離開呢？」迦南不明白一直表現乖巧的小安德魯為何消失不見。

「迦南，你們在找什麼？」小食部店長奧莫問。

「我們在找安德魯和卡爾，他們不見了。」
迦南說。

　　「哦？那兩個小朋友剛才有來過啊，安德
魯還買了一大堆零食。」奧莫說。

　　「他們往哪方向離開了？」迦南終於找到
失蹤兒童的線索。

第五章

粉紅樹下的約定

霧林之內，安德魯帶著卡爾跑了一段路程後停在大樹之下休息，不想魔法被解除的安德魯決定躲在霧林。

「抱歉，卡爾，沒有徵求你的同意就帶上你逃跑。」因為現在的卡爾理解不到安德魯的說話。

「**汪！汪汪！**」小狗卡爾叫個不停。

「你肚餓了吧？我們今天連午飯也還未吃呢。」小安德魯取出在小食店購買的零食。

「只要明天不去智慧之城，身體就有機會**回復不來**。那麼我就能在這裡，和那些朋友一起長大。」安德魯撫摸著正進食的小狗卡爾說。

「雖然迦南姐姐⋯⋯不會喜歡這樣。」小安德魯的口袋裡還放著那綁上絲帶的盒子，想到會令迦南難過，他也不好受。

「汪汪～」感應到安德魯的心情，卡爾又再去舔安德魯的面頰。

小安德魯掙扎著說：

為了逃避解咒，變回小朋友的安德魯逃跑到霧林之中，但由於失去了在學園所經歷的記憶，所以他忽略了一件很重要的事。

　　霧林是學生的禁地，在迷霧之中很容易會失去**方向感**；而在霧林之內，存在會襲擊學生的魔獸。

　　同一時間，安德魯的同學們都緊張萬分，四出尋找失去蹤影的兩人。各人在學園範圍內四出尋找，而迦南依照奧莫指引的方向踏入了霧林。就算知道霧林是禁地，迦南也鼓起勇氣走進充滿危機的地方。

　　因為在迦南小時候身處險境時，是安德魯趕到她身邊。今日角色轉換，就由她解救小安德魯吧！

「小事埋會安德魯，阿諾特王子不喜歡我們和他親近的。」安德魯小時候的同學說。

「你不是很聰明嗎？書包不見了也一定能找回來吧？」那些欺負他的吸血鬼總是三五成群。

「你是不是偷了同學的東西呀？這樣是不對的。」就算安德魯被誣衊，亦沒有老師站在他的那邊支持他。

「**汪！汪汪！**」

小狗卡爾的叫聲，把在睡夢中的小安德魯驚醒過來，在霧林中不小心睡著的他，不知不覺已被魔獸包圍著。

「糟糕了⋯⋯我的魔法杖不在身上。」小安德魯驚覺最重要的防護用具不在身邊。

「咕⋯⋯汪汪！」為了保護安德魯，小狗卡爾挺身而出撲向前方的野豬獸，但體型細小的卡爾撞到野豬堅硬的鼻子便暈倒地上。

「卡爾！」雖然魔法杖不在手，但是小安德魯不甘示弱，鼓起勇氣**虛張聲勢**：「你們不准傷害我的朋友！」

但這樣不只無法嚇逃敵人，更刺激到野豬獸的情緒，向安德魯發動進攻。

「上級魔法，閃耀光球。」幸好光芒突然從安德魯身後出現。

強光閃得不只令野豬獸躲避，其他魔獸都

雞飛狗走。

「你們這兩個壞小孩，不知道這樣會令人很擔心嗎？」迦南急忙地走向小安德魯。

「迦南姐姐……」安德魯看到迦南張開手，生怕惡作劇的後果會是挨揍。

「有沒有受傷？有沒有哪裡痛呀？」迦南立即檢查安德魯的身體。

過去安德魯在黑翼古堡受嚴格的教育，若然犯錯或表現不佳，等待他的就只有體罰。

「卡爾呢？怎麼倒在地上了？」確認安德魯安好之後，迦南才發現小狗卡爾已暈倒了。

「他撞到頭部了。」小安德魯愧疚著說。

「幸好只是睡著了，過一陣子就會醒來的。」迦南摸著卡爾額頭，卡爾正做著被烤全豬包圍的美夢。

「迦南姐姐……對不起。」小安德魯垂低頭說。

「你可以告訴我嗎？為什麼偷偷離開，逃跑到這裡？」比起責備安德魯，迦南更想知道他逃跑的原因。

霧林之內，迦南帶著兩個小孩走到遠離魔獸的一棵粉紅色大樹旁坐下，小安德魯決定敞開心扉，把童年**不愉快**的經歷、把想要逃避成長的原因，一一告訴迦南。

「如果不解除魔法，我就能和很多朋友一起成長，難道就不可以保持這模樣，不解除逆齡魔法嗎？」小安德魯哀求著說。

「原來你和我一樣，有過不愉快的童年。」迦南輕撫著安德魯頭顱說。

「迦南姐姐也一樣？」小安德魯問。

「嗯，因為我的眼睛和其他人不同，能看到隱藏在人界的妖魔。」迦南瞪大圓圓的眼睛說。「但其他人卻認為我在說謊，因為他們看不到我所看到的世界。排擠、杯葛，不論人類世界還是魔幻世界，也發生在與別不同的人身上，像是看到妖魔的我，和**出類拔萃**的你。」迦南接著說。

「那……你會討厭能看到妖魔的能力嗎？」小安德魯不喜歡自己的天賦，所以他很好奇迦南會否和他一樣。

「不會，正因為這能力，我才能看見你，看見這廣闊的魔幻世界。」迦南畫出變化魔法陣。

「我們第一次相遇，就是我在小時候被壞人捉走時。」迦南變化成小時候的模樣。

「那時候我被關在漆黑的房間，伸手不見五指，獨個兒哭泣著，叫喊著……幸好有一個高大的男孩子幫我打開大門，為我帶來光明。而這男孩子就是長大後的你。」小迦南微笑著說。

「長大後的我？」小安德魯定神看著小迦南的臉。

「是你不惜**以身犯險**，前往黑魔法派的據點救我，帶我在長夜晚空飛行，送我回父母的身邊。」那回憶迦南從未忘記，是安德魯把纏繞迦南多年的噩夢，變成浪漫的美夢。

「那時候的你真的十分帥氣，幸好我能夠在魔幻學園再與你相遇。而且來到學園之後，也是成績優異的你守護著對魔法**一竅不通**的我，協助我融入這裡的生活。」小迦南挽著安德魯的手臂說。

「是我幫助了迦南姐姐嗎？」安德魯沒有

想到成長後的自己會是這模樣，以為成長只會是不幸的延續。

「嗯，如果你沒有成為獨當一面的男生，那時候就不會有人來救我，而我們或許沒有機會在學園相遇了。」迦南很珍惜這段緣份。

「所以我一直認為，我們的天賦，是為了讓我們遇上對方才存在的。」她知道長大後的安德魯也一樣。

「或者我們在成長的過程會遭遇到很多難過、痛苦，但這一切都引領我們找到對方，而那些記憶是不可取締的。」然後迦南解除了變化魔法，回復成長後的身軀。

「能遇上迦南姐姐，長大後的我一定很幸福吧。」小安德魯彷彿聽到未來的自己在他的身體裡對他這樣說。

「所以你現在還抗拒解除魔法嗎？」迦南微笑著問。

小安德魯搖搖頭，並拿出綁上絲帶的盒子。

小安德魯不再留戀現在的幸福，因為他知道長大了後能獲得更美好的生活……

我知道，這是長大後的我送給你的禮物。

迦南不用再擔心，小安德魯會再次逃跑。

　　「迦南姐姐，為什麼這棵大樹的葉子顏色和其他的不一樣？」小安德魯發現霧林之內唯獨這棵樹的樹葉是粉紅色的。

　　「沒⋯⋯沒什麼原因，我們快回宿舍吧，其他同學一定很擔心你們。」迦南臉紅著說。

　　安德魯在迦南初到學園時，曾告訴她關於粉紅色大樹的傳說。後來迦南的魔法有所成長，在熟悉了霧林的地理後多番尋找，終於找到了這棵受愛神祝福的大樹，因為她希望有一天，會在這樹下聽到安德魯未說的話。

第六章
智慧之城

黑魔法派在荒野的舊教堂據點內，蠍子女妖妮歌正在向海德拉作報告。

「海德拉大人，我已向安古蘭的兒子施下逆齡魔法，他們正準備前往智慧之城尋找記載黑魔法的古籍，一切和**原定計劃**一樣。」妮歌正是帶同手下襲擊乘坐飛行纜車回校的師生的主謀。

「智慧之城……那班弱小的史萊姆多年來的確收集了很多關於黑魔法派的古籍。讓這些古籍流傳下去，對黑魔法派**百害而無一利**，是時候整頓一下那地方了。」海德拉說。

「但那裡是智慧傳承的地方，多年來戰火也不曾殃及當地。要是打破慣例的話，恐怕會惹人非議。」阿諾特自從得知安古蘭是假意投身黑魔法派後，便一直有一個疑問。

　　到底我的選擇，是不是對的？

　　阿諾特在黑翼古堡放了安德魯一馬，更告訴他被囚人士的所在地，因為再心狠手辣，他也不想看著父親被處決。

　　「那是獅子王阿瑟在位時的慣例，末日將至，新的時代將會降臨，一切不合時宜的東西也該革新。」海德拉要把一切阻礙他的事物鏟除。

　　「相信安古蘭不會棄兒子不顧，到時候我便帶齊人馬，以鏟除叛徒之名，攻打智慧之城。」妮歌說。

　　「不，帶隊攻打智慧之城的是阿諾特和依娃，我還有別的任務要你去辦。」海德拉的計

劃已啟動，他的目標不只是區區一個城市。

「由我去？」阿諾特不明白海德拉的用心。

「老吸血鬼王和那些反抗的吸血鬼正躲藏在智慧之城，處決他們是你還未完成的任務，你不會像安古蘭一樣，一次又一次讓我失望吧？」海德拉已開始對阿諾特的忠誠起疑心。

付上**眾叛親離**的沈重代價，阿諾特得到的是吸血鬼一族的權位，但他只是海德拉的扯線公仔，以自由換取的權力又是否阿諾特所渴望的結果？

要從魔幻學園前往智慧之城，唯一的交通工具就是乘搭由**史萊姆**一族研發的魔力列車，列車全靠魔力推動，不需要司機駕駛也能安全送乘客到目的地。

車站內，法蘭和牧林老師已準備好車票，除了安德魯和卡爾需要前往智慧之城外，四葉、迦南、愛莉這三名金黃魔力持有者也會一起前往，希望從這智慧的寶庫，找到進一步改進治療魔界樹新型魔法陣的方法。

服務乘客的全都是機械服務員。

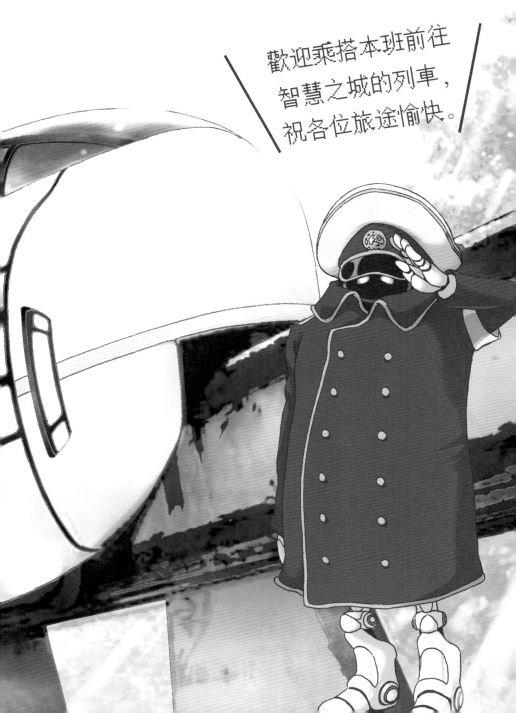

他們都不是活人嗎？

這些服務員和我的無人盔甲原理一樣，以魔法力量驅動。

法蘭率先登上列車。

「他們還會說話啊。」四葉好奇地問。

「史萊姆一族都不擅長體力勞動，所以靠研究這些機械人來處理守城、生產和建造等工作，不只說話，某些機械人更能使用魔法。」牧林老師解釋著說。

「感覺就像是人界的 **人工智能** 呢。」迦南說。

「因為智慧之城的賢者會穿梭兩個世界，學習對方優秀的技術，所以你會覺得相似一點也不出奇。但魔幻世界對環境保育很重視，不像人類過分開採資源，污染環境。」法蘭是半人半機械的科學怪人，但他也是在人類

世界成長。

爸爸曾說過魔力是上天給魔幻世界的祝福，讓魔幻世界不會像人界面對資源有限的問題。

人界的海水的確比海洋之都渾濁得多。

「魔力的確能造福萬物，但也能塗炭生靈。」法蘭意味深長地說。

法蘭老師的意思是？

迦南聽出弦外之音。

我只是覺得黑魔法派的死灰復燃剛好碰上魔界樹枯萎的時間，這巧合有點不自然罷了。

海德拉日漸高調的舉動，令法蘭開始懷疑。

「卡爾！別到處亂跑呀！」小狗卡爾沒有耐性安坐到目的地，四葉立即追上前。

「現在最重要的還是解除逆齡魔法，其他事情還是容後再想吧。」法蘭擔心時間久了，安德魯和卡爾會無法復原。

小安德魯一直望著車窗外的景色，對小安德魯來說這是充滿回憶的景象，因為他多次跟隨父親前往智慧之城。

無人列車飛快地穿山越嶺，為避免戰爭波及，智慧之城坐落於偏離其他城市的高地，而城的設計呈圓柱形的高塔。

「只要再穿過前面的部落，那個像大煙囪的東西就是智慧之城。」小安德魯指著不遠處高塔雀躍地說。

「那部落是？」迦南看著窗外的景色，廣闊的農田和牧場正映入眼簾。

「這裡是半獸人的聚居地吧？」四葉問。

「半獸人？聽起來很可怕呢。」迦南說。

「曾經半獸人的確是**讓人生畏**的種族，他們喜歡搶掠，天性暴戾，但被皇城的軍隊多次驅逐後，便在這平草原上築起部落定居，沒有再侵害他人。」熟知各種族生態的牧林老師說。

在車站內，有大量色彩繽紛的史萊姆在歡迎從學園遠赴而來的賓客。

「那些啫喱狀圓圓的東西就是史萊姆嗎？」迦南驚訝地問。

「那質感好像很好抱呢。」愛莉也是第一次接觸史萊姆。

「救……救命呀！」看到新鮮事物，卡爾第一時間撲上去開口咬著藍色的小史萊姆。

「卡爾！不能吃的！」四葉連忙上前制止。

「抱歉，史萊姆王陛下，我的學生們失禮了。」法蘭恭敬地說。

「，年輕真好，我們上一次見面時你還是個初出茅廬的老師呢，法蘭。」史萊姆王曾親自教授法蘭很多寶貴的知識。

「倒是安德魯你和以前一樣，還是這麼小巧可愛呢。」史萊姆王說。

「陛下，我的身體能夠回復原貌嗎？」小安德魯**戰戰兢兢**地問。

「讓我來檢查一下吧。」史萊姆王把小安德魯吞到他半透明的身體中。

迦南嚇得尖叫起來。

「別慌張，這是史萊姆一族獨有的能力。」法蘭解釋著說。

「放心吧，殘留的魔力還未和身體徹底結合，但不盡快解除魔法的話，還是會有危險的。」史萊姆王把安德魯吐出體外。

「事不宜遲，我們馬上去看記載黑魔法的書籍吧。」牧林老師說。

「黑魔法的藏書收藏在塔頂的不開放樓層內，我已通知其他賢者，他們會帶你們入內，一同尋找解咒之法。」史萊姆王說。

「有勞陛下了，安德魯和卡爾跟我來吧。迦南、四葉和愛莉則去研究和治療魔法樹有關的書籍。」法蘭說。

「我……不能跟著迦南姐姐嗎？姐姐們未曾來過這裡，會迷路的。」小安德魯牽著迦南的手說。

「也未嘗不可，你們記著這裡的書籍都十分珍貴，千萬不要損毀這些重要的財產。」法蘭叮囑著說。

小安德魯想多留在迦南身邊，那怕是一小時或是更短。因為當魔法解除，這段時間的記憶也會消失。

　　「這城內除了史萊姆之外就真的只餘下那些機械人呢。」愛莉環視四週，除了**五顏六色**的史萊姆外，就只有各式搬運書籍和維修建築物的機械人。

　　「這裡連樓梯也沒有，要怎樣才能去到上層呢？」四葉抱著小狗卡爾，避免他又東奔西走到處闖禍。

　　「要到上層不用行樓梯的，這城內的史萊姆都靠著傳送裝置去想到的樓層。」小安德魯牽著迦南踏上畫有魔法陣的石板上。

　　「**金黃魔力的持有者**啊。」當眾人踏上石板之際，一把聲音直達迦南、四葉及愛莉腦後。

「是誰在說話嗎？」迦南四處張望說。

「迦南，我終於等到你的到來了。」

「是誰⋯⋯在說我的名字？」迦南感到背脊一涼。

「為了改變末日的未來，為了拯救兩個世界，過來我身邊吧。」

隨著聲音從眾人腦海消失，一道金黃色的強光從魔法陣閃現，把石板上的眾人傳送到智慧之城最神秘的地方。

第七章
大賢者

「安德魯，這裡是？」迦南回過神來，已被轉移到**陰深幽暗**的樓層。

「不知道啊，我也未曾到過這地方。」小安德魯緊握著迦南的手。

「狐火，照亮這黑暗的地方。」四葉懷中的小狗卡爾抖動不安。

狐火為這神秘之地帶來微弱的亮光，在迦南等人面前只有一條狹窄的石板路，連接到不遠處的圓形空地。

「**你們不用緊張，是我傳送你們到這裡的。**」聲音直達腦海，而在不遠處的空地上，一個發亮的人影正在向眾人招手。

「這裡陰深恐怖……在那邊的不會是鬼魂吧？」四葉畏縮著說。

「但我感覺到對方⋯⋯並不是壞人。」迦南小心翼翼的邁步向前，石板路外的地方仿似無底深淵。

　　「終於等到你們來臨了，迦南、安德魯，還有兩位金黃魔力的持有者。」散發光芒的女人留著一把長長的曲髮，身穿傳統魔法師的長袍。

　　「你認識我們？你到底是人⋯⋯還是幽靈？」迦南**戰戰兢兢**問。

「我曾經也是擁有金黃魔力的人，是知曉魔幻世界世事萬物的**大賢者**。」散發光芒的女人，曾經是人類。

「曾經？那即是鬼啦！」四葉十分害怕鬼故事。

「正確來說是靈魂，我的肉身的確已死亡了，但因為我能看到未來，所以賢者們決定把我的靈魂以魔法封存在這隱藏的樓層，指引世人，修正步向崩壞的未來。」大賢者悲傷地說。

「**崩壞的未來？**難道魔界樹真的會枯死，我們都沒法阻止嗎？」迦南激動地問。

「未來是充滿變數的，而我所看到的最壞的未來，正逐漸迫近。」大賢者說。

「那是怎樣的未來？」愛莉不明所以。

「不只魔幻世界，人界也一樣，會變成寸草不生，被死亡籠罩。」大賢者在虛無的空中，展示出一片**頹垣敗瓦**的境況。

「一切會從魔幻世界的末日開始，人類居住的世界也難以幸免，妖魔會直捲人界，和人類展開漫長的戰爭。」戰火四起，腥風血雨的畫面包圍著迦南等人。

「不會的，不會發展成這樣的！我們不能改變未來嗎？」這是迦南不能接受的未來。

「可以的，所以我才一直在等待，等待你們的到來。」大賢者微笑著說。

「未來，是從無數分支築成的結果，每一個分支也存在變數，而你們全部也是改變末日悲劇中的重要分支。」大賢者揮一揮手，畫面轉變成安德魯多年前拯救迦南的片段。

「我和安古蘭多年前已著手改變最壞的未來，從派安德魯去救出迦南開始。」大賢者說。

「因為沒有迦南，就不能阻止魔界樹枯萎，但若然缺少了另外一人，治療魔界樹的魔法陣也無法完成，那人就是四葉。」

畫面一
轉變成四葉和卡爾在
銀月祭共舞的片段。
「是我？」四葉
一臉茫然。

「敢於嘗試，跳出固有的 思想框架 ，把東方法術和西方魔法陣融合，這方向是正確的。」大賢者接著說。

「但是我們已嘗試過了，現有的魔法陣還是力有不逮啊。」迦南苦思著說。

「因為這拼圖還欠缺了重要的一塊。」大賢者指著愛莉說。

「我？這和我有什麼關係嗎？」愛莉問。

「充滿金黃魔力的人魚之歌，能為新型魔法陣持續提供魔力，這樣就能把侵蝕魔界樹的東西驅趕出來。」大賢者說。

「侵蝕魔界樹的東西？難道魔界樹並不是自然地生病枯萎？末日是人為造成的？」迦南說出近日法蘭懷疑的事。

「對，魔界樹的枯萎是有預謀的，是促成兩個世界滅亡的分支。」大賢者說著的同一時間，在智慧之城外黑魔法派的暗影已逐步

接近。

受海德拉命令準備發動襲擊的依娃和阿諾特已帶同吸血鬼部下到達智慧之城外，半獸人聚居的部落。

當阿諾特和吸血鬼們降落到半獸人的土地，那些正在畜牧耕作的半獸人隨即放下工具，換上**鋒利的兵刃**，表面上歸於平淡的半獸人其實時刻戒備，他們體內流著戰鬥民族的血液，並沒有被安穩的時日**沖淡**。

「吸血鬼？」拿著大斧的半獸人族族主孟瑪，身型比阿諾特高大近一倍。

「我是受海德拉之命來招攬你們的。」阿諾特送來黑色的魔法信，這是黑魔法派的密令。

「吸血鬼也成了黑魔法派的跑腿嗎？哼，老吸血鬼王肯定沒想過，辛苦打來的江山會這麼輕易就斷送。」孟瑪蔑視著阿諾特。

「**你這無禮的傢伙！**」阿諾特的部下不忍心看到君主受侮辱，想要向孟瑪大打出手。

「我此行只為確認半獸人會否和黑魔法派站在同一陣線，攻打智慧之城。還是你們已經習慣悠閒的務農生活，忘記了戰士的榮耀。」阿諾特阻止了衝動的部下，他很清楚要是惹怒孟瑪，他的部下會在瞬間被撕開兩邊。

「不需要用**激將法**了，我族養尊處優，就是為了等待戰爭再臨時大展拳腳，傾倒王國這麼有意思的事，又怎會少了半獸人的一份？」孟瑪拿出腰間號角。

「半獸人族的猛將們啊，我們的時代要來臨了！穿起你們的戰甲，磨好你們的兵刃，我們要先把塔內自以為是的史萊姆消滅，再將皇城的圍牆*徹底傾倒*！」號角聲響遍部落，半獸人們將會應孟瑪的號召全體進攻。

「看來這野蠻人根本不把你
放在眼內呢。」依娃嘲諷著說。

　　阿諾特沒有回應，他所做的
一切也是為了復興吸血鬼一族，
為此他可以**忍辱負重**。

阿諾特得到了力量，也得到了吸血鬼王
的位置，但他失去了尊嚴，得不到其他妖魔的
尊重，因為在他人的眼裡他只是黑魔法派的
傀儡，只是海德拉的奴隸。

　　智慧之城的頂層內，史萊姆王召集了一眾
史萊姆賢者，協助法蘭和牧林研究解除逆齡魔
法的方法。

　　「這裡雖然收藏了不少和黑魔法有關的藏
書，但卻找不到解咒的線索。」法蘭已翻找
了多本古籍。

「畢竟那是未完成的黑魔法，過去的古籍都沒有完整記載。」牧林老師**費煞思量**。

「更重要的是就算能找到解咒之法，這裡亦沒有會使用黑魔法的人。」史萊姆王吞下了四本書，同時吸收裡面的知識。

「史萊姆王陛下，我最近有一個疑問，能請賢者們指點迷津嗎？」法蘭邊翻看書本邊問。

「請講。」史萊姆王說。

「海德拉的復活，黑魔法派捲土重來，這些事情正好是魔界樹開始枯萎的時候發生，到底這是巧合，還是他們之間有所聯繫呢？」這問題令法蘭坐立不安。

「看來這秘密，已沒法隱瞞下去了。」史萊姆王嘆了一口氣。

「秘密？」法蘭問。

「魔法樹的枯萎，是人為的。」史萊姆王說。

「是海德拉嗎？」法蘭早已有所懷疑。

「嗯，以魔界樹枯死為理由，領導妖魔發起革命，真正的目的，是侵略人界。」史萊姆王說。

我不明白，海德拉為什麼要侵略人界？你們又為什麼不把真相公告天下？

法蘭激動地問。

「因為是我們的疏忽，才令海德拉變成今日這模樣。」史萊姆王愧疚著說。

要隱藏過失就唯有以謊言掩蓋，而他們明知自己不對還是厚著臉皮說謊，因為他們都沒有勇氣承擔後果，負上刑責。

在隱藏了的樓層之內，迦南等人一樣聽著魔界樹枯萎的真相，大賢者把過去的影像投放到虛空中，讓他們有如置身其中。

「在很久以前，有一個天資聰敏，小小年紀便被賜予賢者之名的妖魔，大家對他寄予厚望，視他為魔幻世界未來的棟樑。他和安德魯你有過相似的、孤獨寂寞的童年。」畫面顯示著一個白髮的小男孩被書本包圍著。

「和我相似的人嗎？」小安德魯看著白髮男孩。

「因為天賦優越，他從小時候已被送到智慧之城鑽研更深的學問，在多如繁星的書本中，他學習到充斥著戰爭和血淚的歷史。」小男孩逐漸成長，內心的魔鬼卻愈來愈巨大。

「然後，因為史萊姆們的疏忽，一本不該被看到的禁書被他翻閱了。」大賢者臉上充滿哀傷。

「禁書？」迦南問。

「是魔幻世界的起源。」大賢者說罷，畫面轉變成了人類和妖魔戰鬥的畫面。

「遠古時候，人類和妖魔共存在人界的土地，兩族互相侵略，戰爭無休止地進行。直至第一個金黃魔力持有者的出現，她的力量強大無比，把戰力的平衡徹底打破。妖魔死傷無數，九頭蛇一族更差點被滅絕。為了避免更多的傷亡，當時統領妖魔大軍的吸血鬼王和這有如救世主的女人提出了交涉。」

這段歷史，並沒有在世上流傳，只有智慧之城裡少數賢者知道。

「那兩人……樣子和我們很相似。」

迦南看著畫面，古時的兩位領袖樣子有如她和安德魯。

「最終救世主傾盡全力創造了一片新世界，並把所有魔力注入魔界樹來滋養這土地，好讓妖魔離開人界後，能在這世界得以生存下去。」大賢者說。

「這就是魔幻世界和魔界樹的由來嗎？」四葉問。

「對，當時在很多妖魔的眼裡，他們是被驅逐、受傷害的一群，為免日後妖魔都對人類抱有憎惡報復之心，這段歷史便成為了禁忌，所有妖魔也絕口不提。事情過去了這麼久，妖魔和人類也不再敵視對方，大家也在自己的世界安居樂業，甚至穿梭兩地，各取所需。」

「但是在看到歷史真實面貌後的白髮男孩，並不認為這是和平，他認為妖魔們都被欺騙了，大家都活在謊言所堆砌的世界中，他決定要為九頭蛇一族、為被人類消滅的妖魔一雪前恥。」

白髮的男孩是僅餘無幾的九頭蛇。

「海德拉……那男孩是小時候的海德拉。」迦南認得這雙**充滿恨意**的眼睛。

「沒錯，史萊姆一族得知海德拉接觸禁書之後，本來打算狠下心腸，想把他殺死以防歷史被公開，但是我阻止了他們。」大賢者說。

「你不是能預知未來嗎？你應該知道放任海德拉的話，會威脅到世界和平吧？」愛莉問。

大賢者說：

知道真相、然後想要公開真相，這都是沒有錯的。錯的是不接受真相的世人，和想要報復的邪念。所以我把海德拉留在智慧之城，希望知識可以感化他，把他引導向善良。

「但是他沒有棄惡從善。」迦南說。

「知識沒有改變他報復的決心，反而成為他達成目標的工具，在短短數年之間他已學會智慧之城內所有知識，更創造出能破壞魔界樹的新型魔法。」畫面一轉變成了魔界樹的內部。

「這條大蜈蚣是什麼回事？很嘔心呀！」四葉掩著眼睛說。

「魔界樹枯萎的原因，是這條從內部蠶食魔界樹的魔蟲。海德拉在多年前開始收集金黃魔力，用它創造蟲卵，再放到魔界樹中。蟲卵吸收樹身的魔力一天一天成長，同時令魔界樹步向死亡。」大賢者解釋著說。

「那為什麼海德拉要捉拿像我們這樣的金黃魔力持有者？他不是為了治療魔界樹嗎？」迦南問。

「那只是用來欺騙世人的謊言，好讓他以救世主的形象謀朝篡位。他收集金黃魔力的目的，是為了加快蟲的成長，讓末日快點降臨。很快，他就會向皇城發動攻擊，把至今收藏的金黃魔力也加到蟲身上，而能阻止這事情發生的，就只有合你們三人之力所使用的新型魔法陣。」大賢者收起了投射影像。

「突然接收到這麼多信息，我的腦袋很混亂呀。」四葉說。

「很抱歉，我也知道很突然，但我已經沒有時間了。」大賢者說罷，智慧之城突然猛烈**晃動**。

「發生什麼事了？」搖晃令愛莉腳步不穩差點跌倒地上。

「海德拉的部下已來到了，而智慧之城將會被攻陷，這是為了未來不能改變的分支，而我能做的，就只有送你們離開這裡。」大賢者把兩個小光球傳送到卡爾和小安德魯體內。

「但是安德魯身上的魔法還未解除啊。」迦南說著的同時，這隱藏樓層正在崩毀。

「放心，能為他**解咒**的人已在趕來了。」金黃強光再次在石地板亮起。

「最後，請各位謹記，未來是可以改變的，最重要的是你們的選擇……還有另一個人的選

擇。」亮光準備把眾人送回原來的位置，大賢者把拯救兩個世界的重任交到眾人身上。

「另一個人？」迦南問。

「就算是**黑色的火焰**，也可以為未來帶來光明。」大賢者說。

同一時間，法蘭也從史萊姆王口中得知魔界樹枯萎的真相，和海德拉想侵略人界的陰謀，來自黑魔法派的突襲一樣波及到他們所在的頂層。

智慧之城外，由孟瑪率領的半獸人部隊已在發動攻擊，數十台投石機把巨石有如炮彈般擲向高塔，把智慧之城打得破破爛爛。

騎在蠻牛上的孟瑪帶著勇猛的先頭部隊衝向城門。

而在高塔內的史萊姆們沒有**坐以待斃**，負責守護城門的魔力操控機械人已發起反擊，在城牆上的史萊姆們以魔法作出支援。

　　「憑這種無靈魂的爛鐵也想阻擋我族猛將的路？天真！」孟瑪一揮猛斧，把機械人一分為二。

　　「守護城門，別讓半獸人攻進來！」城牆上的史萊姆以冰雪魔法拖延半獸人的步伐，更多機械人拿著盾牌築起防線。

　　「**我們也是時候上陣了。**」阿諾特一聲令下，吸血鬼士兵們從上空發動攻擊。

　　魔法加上利爪，擅長空戰的吸血鬼把在城牆上的史萊姆們逐一擊破。

　　而從陸路進攻的半獸人更**勢不可擋**，投石機擲出的巨石從天而降，把機械人盾陣擊潰，半獸人們準備的攻城車已衝擊到城門。

「多年來半獸人和史萊姆一直相安無事，為什麼現在卻大軍進攻過來？」法蘭回到底層準備與史萊姆共同抗敵。

「相信他們是受黑魔法派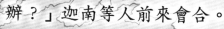的。」牧林老師估計。

「一定是為了把有關黑魔法的藏書銷毀，相信海德拉的計劃已在實行了，受襲擊的恐怕不止這裡。」史萊姆王說。

「老師，敵人快攻破城門了，我們該怎麼辦？」迦南等人前來會合。

「你們先照顧好卡爾和安德魯，再找個地方好好躲藏吧。」法蘭解開雙手的鐵鏈。

「**不，我們也能參與戰鬥呀。**」對自己的本領很有信心的四葉說。

「你們是學生，保護你們是老師的責任。」牧林老師說。

「就算不上前線，我的歌聲也能支援大家。」愛莉一樣想出一分力。

「面前的不是普通訓練，而是真正的戰爭，半獸人是不會對學生心慈手軟的。」法蘭提醒眾人。

「但我們也不是小孩子，有些事情必須由我們去完成。」迦南看到過大賢者展現的未來，她知道要阻止末日必須挺身而出。

「你們別**掉以輕心**，一切以安全為優先吧。」看到三個女生堅定的眼神，法蘭也不想再阻攔。

而城門終於被攻破，半獸人和吸血鬼兩個部隊已殺入智慧之城內部。

　　「哈，史萊姆們，今天就是你們的末日了！」孟瑪**戰意高昂**，高舉猛斧大步向前。

　　「法蘭老師……」再遇上昔日恩師，阿諾特已成為他的敵人。

　　「現在還未遲的，臨崖勒馬吧，阿諾特。」法蘭也清楚在戰場上沒有師徒之情可談，站在對立面上的兩人，唯有至死方休。

　　無情的戰火已在智慧之城內燃起，這次不只是巨石，燃燒中的弓箭劃破長空，想要把智慧的寶庫燒毀。

火焰在智慧之城熊熊燃燒，史萊姆們既面對敵人的襲擊，又要撲滅正在燒毀珍貴藏書的猛火。

「**防禦魔法，銅牆鐵壁！**」法蘭想守住前方陣地，避免受到從四方八面而來的襲擊。

「自動防禦系統，啟動。」史萊姆一族除了製作了魔力推動的機械人，更創造了另一套魔力防禦系統，以應對面前的情況。

書架與書架之間突然向兩邊分開移動，隱藏在書架後的槍炮自動**鎖定目標**，發射出魔力炮彈，把想要越過銅牆鐵壁的半獸人收拾。

「吸血鬼們聽令，把那些炮台拆除。」阿諾特指揮若定。

　　雖然魔力炮彈把為數不少的吸血鬼擊落，但被摧殘的炮台愈來愈多，協助法蘭守護陣地的炮火愈來愈弱，再也抵擋不住力大無窮的孟瑪。

　　「什麼魔法呀、機械人呀，統統都不切實際，唯有最原始的力量才是王道。」孟瑪狂斧亂揮，機械守護無法阻擋他的去路，更多半獸人穿過城門大肆破壞。

　　「水球魔法！」愛莉操控空氣中的水分，把四、五名吸血鬼困住。

　　「雷鳴召來！特大暴雷魔法！」四葉和迦南合力以雷電擊暈水球中的吸血鬼。

「可惡……如果我回復原狀，就能幫助大家。」小安德魯和小狗卡爾只能站在少女們的後方擔憂著。

「你們這班**不自量力**的小鬼，受死吧！」吸血鬼和半獸人發現迦南等人的行蹤，相繼前來施襲。

「休想傷害我的學生！」牧林展現出樹人族本來的巨大姿態，粗壯的樹幹大手橫掃千軍。

「**黑魔法，暗黑火焰旋渦。**」阿諾特親自上陣，以火炎燒傷牧林的樹木身軀。

「史萊姆族的守衛都不外如是，唯獨這科學怪人有點本領呢！」孟瑪全力揮斧把銅牆鐵壁打破，再以連番重劈使法蘭受創。

「敵人數量太多了，長此下去我們會全軍覆沒的。」法蘭對史萊姆王說。

保存著魔幻世界無數知識的智慧之城已淪陷失守，一本本珍貴的書籍被火焰無情燒毀，看著這慘況的史萊姆王也束手無策。

「難道今日我們都要葬身在這裡……」史萊姆王無計可施。

然而史萊姆王忘記了在城內，尚有一股戰力還可以用。

「不要輕言放棄，我們還未輸的。」老吸血鬼王帶上逃亡到此的吸血鬼披甲上陣。

「老朋友啊，但是敵人中有你們的同胞、你們的親友。」史萊姆王沒有叫這班吸血鬼參與這一戰，是不想讓吸血鬼們自相殘殺。

「現在已不是考慮這一點的時候了，助紂為虐的人不是我們的盟友。」安德魯的母親安潔妮娜也執起了魔法杖。

「媽媽，是媽媽呀！」小安德魯呼叫著。

「迦南，我的孩子就拜托你了。」為了保護兒子，安潔妮娜走到前線作戰。

「我最想得到的獵物還未出現呢。」站在白骨飛龍上的依娃一直**按兵不動**，因為她要保留實力，對付更重要的目標。

「老吸血鬼王也在嗎？要是把你的首級送到海德拉面前，我們半獸人的地位一定上升得更高吧。」守護智慧之城的增援出現沒令孟瑪生畏，反而令他**戰意高昂**。

然而同樣是侵略者的阿諾特，聽到孟瑪的說話十分掙扎，因為他不忍心殺害父親。

「以為多了這些瘦弱的吸血鬼就有用嗎？投石部隊，繼續發炮，不只史萊姆，我要把所有反抗的人埋葬！」孟瑪等半獸人的身軀變得更壯更大，把原始猛獸的野性**完全解放**。

「阿諾特，這真的是你想要的結局嗎？」法蘭不理傷勢繼續奮戰，邊以鐵鏈阻擋敵軍邊

說。

一個又一個昔日的同胞倒下，看著雖然分歧但同是吸血鬼的妖魔被咬噬，阿諾特緊握著拳頭**裹足不前**。

「還站在這裡幹什麼？半獸人快把功勞統統領走了。」依娃向阿諾特說。

「吸血鬼們，別退縮，跟隨本王戰鬥至最後一刻吧。」年紀老邁的老吸血鬼王沒有失去族人的信心，只要是正確的事，跟隨他的人也願意**赴湯蹈火**。

但在阿諾特身邊的族人，已不知道自己是為什麼去戰鬥。

巨石再次衝擊智慧之城，崩塌的瓦礫足以致命，在底層的眾人除了對抗外敵更要注意上方的威脅，帶著小孩的迦南面對雙重威脅終於支撐不了。

「迦南姐姐！」迦南為救小安德魯，下半身被巨石緊緊壓住。

「**不要理我，快逃跑……**」迦南受傷不輕，眼見上方又再有巨石掉落唯有叮囑安德魯逃跑。

四葉和愛莉面對半獸人的猛攻也分身不暇，無奈小安德魯和小狗卡爾除了不忿，什麼也辦不到。

「老吸血鬼王的**首級**是我的了！」孟瑪的戰斧已直迫老吸血鬼王的脖子。

然而大賢者最後所說的話沒有錯，黑色的炎焰為迦南和四葉解除了危機。

黑火焰的主人降落到迦南面前。

「終於來了嗎？叛徒。」依娃也終於等到目標現身。

「爸⋯⋯爸爸！」小安德魯看著黑火焰消散，父親的樣子和他印象中一樣慈祥。

「迦南，謝謝你守護我的兒子，四葉也一樣，全靠你們的努力，未來的發展還是有希望的。」趕到智慧之城的安古蘭曾是黑魔法派的幹部。

他忍辱負重去學習黑魔法，一切也是為了今天，為了在這一刻解除安德魯和卡爾身上的逆齡魔法。

「你們，是時候回復原狀了。」安古蘭以黑魔法解除兩人身上的魔法，配合大賢者放到他們體內的光球，卡爾和安德魯便不會失去魔咒期間的記憶。

卡爾一回復狀態立即展現人狼的作戰姿態，把還想靠近的半獸人嚇跑⋯⋯

吼！終於解脫了，這班壞傢伙更敢欺負我的未婚妻！

「迦南，你這傻瓜……」而回復正常的安德魯第一件事便以魔法治療受傷的迦南，一想到她為救自己差點喪命，安德魯便**猶有餘悸**。

「你回來就好了……你不知道我有多害怕，害怕就這樣失去你。」迦南抱緊安德魯，這熟悉的體溫，教她的恐懼煙消雲散。

「咳……打擾你們一下，現在還未能鬆懈的。」安古蘭尷尬地說。

安德魯拿出口袋中的盒子……

「**這是？**」迦南心跳加速，看著安德魯溫柔地為她戴到手腕上的禮物。

「……是用在人界任務的報酬買的。」其實在回魔幻世界前，安德魯扯著艾爾文到人界的魔法道具店購物。

「雖然我很少發怒，但傷害到迦南就另當別論了。」安德魯盡情釋放魔力。

「還有一個分支，看來他選擇了我和大賢者希望的方向呢。」安古蘭會心微笑，大賢者說過改變未來的重要分支不只迦南等人，還有一個人的決定**舉足輕重**。

而這個人在猛斧劈在老吸血鬼王的脖子上前作出了選擇。

「你可以不尊重我，但傷害我的族人和父王……我就不能再忍讓下去。」阿諾特以黑火焰擋開孟瑪的斧頭，在**千鈞一髮**之際，重新選擇回到正確的道路。

「我早就猜到你這小鬼會變節，你還未有當領袖的**大將之風**。」孟瑪重整旗鼓。

對，我未有當王的氣量，吸血鬼王之位還是交回父王你來擔當吧。

阿諾特眼睛回復光彩，準備迎戰半獸人中的霸主。

「**全體吸血鬼聽令，保護吾王，驅逐半獸人！**」阿諾特的命令，是他的追隨者最想聽到的。

「來！就讓我們半獸人把吸血鬼變成歷史！」孟瑪和阿諾特大打出手。

「這孩子的確適合當君主，只是現在還未是時候罷了。安德魯，你去幫阿諾特吧，要打倒孟瑪，他一個人是辦不到的。」安古蘭微笑著說。

「**老朋友**，要是你來晚一點就糟糕了。」法蘭輕搭著安古蘭的肩膀。

「對不起，我害你的身體變成這模樣。」安古蘭對多年前襲擊學園的事**耿耿於懷**，但為了得到海德拉的信任，除了走到這一步，他別無他法。

「所有吸血鬼也是信不過的，一個又一個叛徒，我要代海德拉大人把你們處死！」

在白骨飛龍上的依娃忍無可忍，飛龍口中燃起了翠炎猛火。

「依娃就交給我對付吧，地面上的戰鬥就交給各位了。」安古蘭展翅高飛，他很清楚在場只有他有實力和依娃一戰。

守護智慧之城的戰役進入白熱化階段，但在魔幻世界內受戰火威脅的，並不只智慧之城。

半獸人的體質雖強，但只擅長近身作戰，只要好好利用這一點，要對抗半獸人大軍的入侵就容易很多，再加上迦南、四葉、愛莉和卡爾的支援，戰況逐漸明朗起來。

「！」愛莉持續歌唱，為前線戰士提供源源不絕的魔力。

「吹雪召來～雷鳴召來～」四葉兩手各施展符咒法術，掩護殺入敵陣的人狼卡爾，讓他放膽進攻。

「你們剛才不是很囂張的嗎？過來！」憤怒的卡爾把半獸人有如皮球般扔出去。

「勇猛的半獸人們！不要退縮，我們絕不會敗給瘦弱無能的吸血鬼！」就算形勢開始逆轉，孟瑪還是不甘示弱。

「別讓他有喘息的機會，安德魯。」阿諾特和安德魯首次站在相同立場，配合卻意想不到的有默契。

「你才不要放慢手腳。」吸血鬼的力氣雖然不及半獸人，但他們卻有更靈活的身手。

今非昔比的阿諾特和一直踏實修行的安德魯，兩人互補空隙，孟瑪只能追逐他們的身影。

「東奔西跑的老鼠仔……看招！」氣急憤怒的孟瑪兩手握斧，如陀螺迴旋揮動。

「還不想想辦法嗎？」安德魯只好先避其鋒。

「你犧牲自己去吃他一擊吧，我會在他停下的瞬間幫你報仇。」阿諾特也不敢貿然接近。

*「你果然還是和以前一樣惹人討厭。」*安德魯笑著說。

而從遠處射來的 金黃光束 ，成功把孟瑪手握的斧頭轟開。

　　「是迦南。」安德魯送給迦南的手鐲是能變形成弓箭的魔法道具。

「**這東西……很厲害。**」手鐲變化成弓，把用者的魔力轉化成箭，配合迦南自身強大的金黃魔力，能作出強而有力的遠程攻擊。

黑炎爆裂魔法！

阿諾特趁機會在孟瑪身後使出殺手鐧。

「解放，特大暴雷魔法！」安德魯也立即在孟瑪胸前解放戒指中裝填的魔法。

火與雷的合擊徹底粉碎孟瑪身上的戰甲，強大如一族之主，也難以用肉身承受這種攻擊。

「可惡……我竟會敗在這班小鬼手上。」受到前後夾擊的孟瑪再硬朗也不得不倒下。

「族主！」看到領袖敗北，其他半獸人也開始慌張起來，帶同孟瑪撤離戰線。

而在智慧之城內還戰況未明的，就只餘下安古蘭和依娃的對決。

「一個二個也是靠不住的飯桶……」依娃馭龍進攻，翠綠火球和黑焰火球在空中相互交擊。

　　白骨飛龍的利齒多次威脅安古蘭的生命，但安古蘭還繼續以霧化接近依娃，因為依娃和孟瑪不同，她是擅長使用黑魔法的不死族，而且魔力有如用之不盡。

　　「死靈魔法！亡者啊，拿起你們的利刃，為海德拉戰鬥吧！」依娃把在戰鬥中喪命的妖魔再次呼召起來，填補失去半獸人大軍的兵力。

「這魔力太驚人了吧……」看到亡者部隊迫近，安德魯驚嘆只是一個依娃已強大得有如**千軍萬馬**。

「依娃是黑魔法派幹部中的三巨頭，和你曾遇過的幹部是完全不同層次的。」阿諾特的黑火焰奈何不了亡者部隊。

「依娃啊，你明知道讓海德拉得逞的話後果會有多嚴重，為何還要不惜一切做到這份上？」安古蘭和依娃的空戰，雙方已消耗不少魔力，而依娃更過度催谷力量去使出死靈魔法，導致**口吐鮮血**。

「人類也好，妖魔也好，全部也死不足惜。海德拉大人想要智慧之城消失，我就會把它粉碎，如果海德拉大人想要末日，我就去讓末日降臨！」長期受迫害的不死族妖魔依娃就算拼上性命也要完成任務，她對海德拉的感情已超越**主僕之情**。

極限黑洞魔法！

安古蘭想要把白骨飛龍吸走，令依娃失去在空中的立足點。

「上次在黑翼古堡就是被你用這招逃脫，你以為今次會有用嗎？」依娃命令白骨飛龍拍翼後退，對抗黑洞引力。

「我的魔力……已不足夠了。」安古蘭的魔力快將耗盡。

「叛徒，消滅你之後便輪到阿諾特，然後所有吸血鬼也會一起陪葬！」白骨飛龍口中再燃起翠綠火焰。

幸好安古蘭並非**孤軍作戰**，迦南從遠處射出的魔力之箭貫穿了白骨飛龍左翼……

　　而四葉集中力量的一技九尾狐火也成功擊
碎了右翼。

　　「迦南和四葉⋯⋯在狼牙山谷時我不應該
留你們一命的。」兩翼被擊破，白骨飛龍失去
抵抗力被吸入黑洞，依娃在危急關頭跳到半空
躲避。

　　「**水之囚籠**！」愛莉捉緊機會以水魔
法把依娃困住，雖然她的力量困不了依娃多久，
但已為安古蘭爭取到足夠時間。

「依娃，你就暫時待在這封印瓶內吧。」安古蘭早有準備，把**動彈不得**的依娃封印進瓶子內。

「放開我！你這叛徒！到我出來的時候我一定會將你碎屍萬段！」面對度身訂做的魔法封印道具，任依娃再強橫也不得不束手就擒。

「抱歉啦，在我看到的未來，了結我生命的人並不是你。」安古蘭淡淡然說。

依娃被封印，她的死靈魔法立即失效，智慧之城的保衛戰終於結束，但回望這已變得**破破爛爛**的高塔和大量無法修復的藏書，這一次勝利付出了很大的代價，這就是無情戰火中不能避免的事。

然而這一戰，卻只是序幕。

「爸爸！」安德魯跑去扶住氣力不繼的父親。

「我沒事……已經時間無多了，我們不能再留在此地。」安古蘭說。

「半獸人已撤退了，我們還要去哪裡？」法蘭問。

眾人聚集在底層聽著安古蘭解釋，對智慧之城發動襲擊只是黑魔法派的第一步，現在智慧之城失去了關於黑魔法的書籍，海德拉面對的威脅就更少，*傾倒皇城*、加速魔界樹的

枯死的目標，將更易達成。

「皇城外守衛森嚴，就算是黑魔法派亦無法輕易擊破吧？」牧林老師說。

「這一次的襲擊會由皇城內爆發⋯⋯而正如黑魔法派有我這邊的**臥底**，皇城內也一樣有海德拉的心腹。」安古蘭說。

「那我們馬上起行吧，其他學生留在這裡暫避。」法蘭說。

「不，我們也要一起去，大賢者說過有一件事只有我們能辦到，這是關乎兩個世界存亡的大事，就算多危險我們也一定要跟去。」迦南堅定的眼神，教法蘭無法拒絕。

「我也一起去，我要海德拉付出輕視我的代價。」阿諾特**棄暗投明**，成為重要的戰力。

在智慧之城的地底下，有一輛直達皇城地底的魔法列車，這是不為人知的秘密建築，是多年前大賢者為未來留下的籌碼。

皇城中的大型監獄內，自從三名黑魔法派的幹部被關押此地後每天也很平靜，沒有人有懷疑，獄卒們只覺得這樣更好更輕鬆。

　　但平靜的背後，黑魔法派已正式佔領了這監獄。

　　「賽伯拉斯，是時候了。」再次潛入監獄的蠍子女妖說。

　　「啊～那就開始行動吧。」坐在牢房的賽伯拉斯蓋上書本站起來，輕描淡寫的一擊已粉碎厚重的鐵門。

　　「海德拉大人指派的任務進行順利嗎？」妮歌問。

　　賽伯拉斯打破了另外兩個牢房的大門，步出牢房的是毒蜂女妖莎朗和變色龍索隆，曾對魔幻學園的學生出手的幹部聚首一堂。

「當其他囚犯知道歷史真相後，連洗腦和威脅也不需要，他們全部已宣誓效忠海德拉大人了。」賽伯拉斯笑著說。

「那就開始奪城行動吧。」妮歌滿意地說。

平靜只是暴風雨來臨的先兆，海德拉部署已久的計劃，將會在皇城牽起腥風血雨。

下回預告

我的吸血鬼同學

末日之戰一觸即發，黑魔法大軍全面進攻。

皇城外兵臨城下，來自智慧之城的援軍誓要推翻末日預言。

vol.9　經已出版

花 樣

創造館

我的吸血鬼秘書

MY VAMPIRE SECRETARY

文——陳四月

圖——余遠鍠

經已出版

報那隻黑貓是帥氣死神

文——陳四月

圖——多利

經已出版

寫下你所共鳴的
青春與成長的模樣

2023 年創造館唯一全新兒童系列！籌備已久的新創作登場

《我的吸血鬼同學》魔幻小說家 **陳四月** ✕ 《Stem 少年偵探團》人氣插畫家 **多利**

科普少女團

放飛思緒馳騁想像之兒童科普讀物

少女三人組

周星彩 (14 歲)

活潑好動，充滿好奇心。行動力強，常常因衝動行事而碰壁，但樂觀愛笑，不會輕言放棄。

韓珍妮 (14 歲)

身材矮小，性格孤僻倔強。天資聰穎，記憶力強，在學校成績優異。家境清貧，父母自幼雙亡，脾氣有點暴躁。

陳妍書 (14 歲)

個子高高，性格十分內向。說話陰聲細氣，不擅與人交流，文靜而且容易害羞。出身在名門世家。

故事簡介

MiSSiON 1：地心歷險記

　　科幻小說家深信，在地底深處，是個有生命存在的地心世界！裡面有吃人植物、暴怒火山、驚濤大海，更有兇猛巨大的史前生物！在虛擬世界裡，這的確存在！

　　元域學院的新生珍妮、星彩和妍書各有個性，她們組成三人團隊，坐上通往地心世界的礦車，展開了驚險不斷的冒險旅程！她們能夠「生還」以及「順利逃出」嗎？那就要看這小隊的實力、鬥志與團隊精神了！

售價：$68

創刊號七月書展登場　擁抱 IT 新時代

追尋與12星座有關
的神奇聖物

售價
$68

第1期好評發售中

展開校園成長 × 魔幻歷險 的精采旅程

故事簡介

長處於孤獨、受詛咒纏身的千金小姐潘娜恩，
在父母雙亡後得到四騎士的保護。
她們為了解開陰謀和謎團，開始追尋和收集十二聖物。
這些聖物各有神奇力量，運用它們就能施展魔法。
目前她們已找到水瓶的魔法筆，
第 2 集裡，她們得到「雙魚的魔笛」下落的線索，
因此冒險前往「人魚島」。
這是個發生在貴族校園與魔幻世界
的華麗青春成長物語！

作者
陳四月
《我的吸血鬼同學》

插圖
魂魂Soul
《推理七公主》

第2期即將出版

我的
吸血鬼同學

創作繪畫　　　余遠鍠
故事文字　　　陳四月
策劃　　　　　YUYI
編輯　　　　　小尾
封面設計　　　Zaku Choi
設計　　　　　siuhung
出版　　　　　創造館
　　　　　　　CREATION CABIN LTD.
　　　　　　　荃灣美環街 1-6 號時貿中心 6 樓 4 室
電話　　　　　3158 0918
發行　　　　　泛華發行代理有限公司
　　　　　　　香港新界將軍澳工業邨駿昌街七號二樓
印刷　　　　　高科技印刷集團有限公司
出版日期　　　第一版　2020 年 10 月
　　　　　　　第二版　2023 年 5 月
ISBN　　　　　978-988-74563-8-4
定價　　　　　$68
聯絡人　　　　creationcabinhk@gmail.com